DEBUT D'UNE SERIE DE DOCUMENTS
EN COULEUR

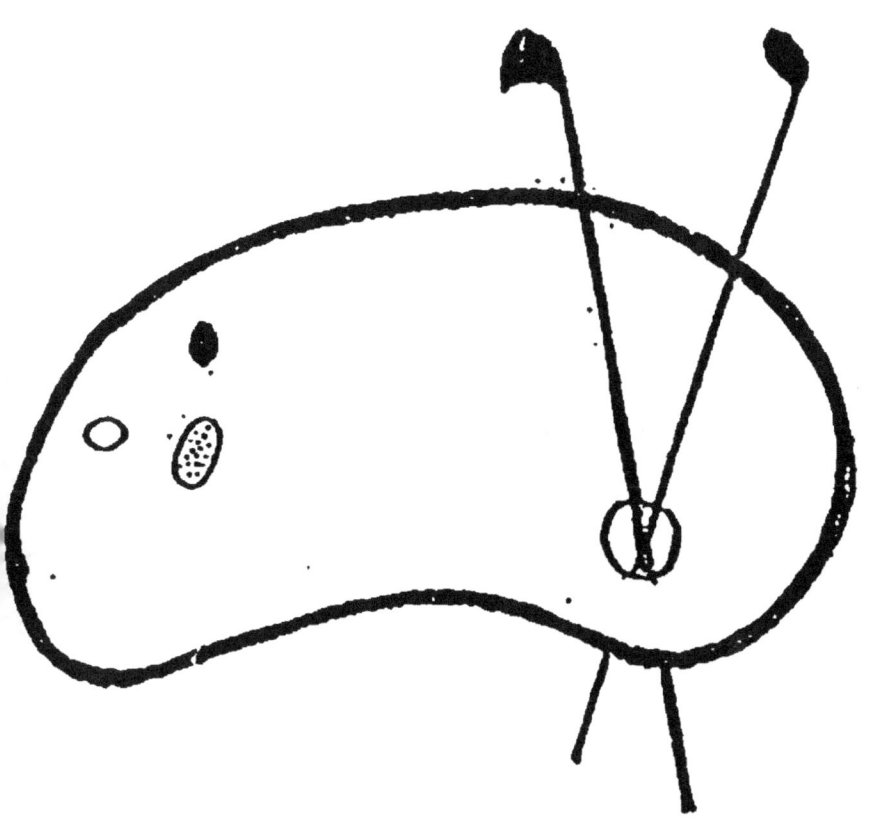

FIN D'UNE SERIE DE DOCUMENTS
EN COULEUR

BEAUX EXEMPLES D'HUMANITÉ

4ᵉ SÉRIE IN-8º.

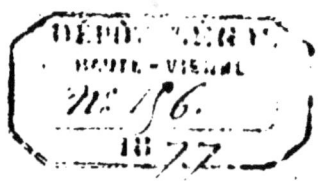

BEAUX EXEMPLES

D'HUMANITÉ

BIENFAISANCE, DÉVOUEMENT A LA PATRIE, ETC.

Par l'Abbé Laurent.

LIMOGES
EUGÈNE ARDANT ET Cie, ÉDITEURS.

BEAUX

EXEMPLES D'HUMANITÉ.

SAINT ÉLOI, ORFÈVRE, MINISTRE ET ÉVÊQUE.

CLOTAIRE II, roi de France, désirant avoir un fauteuil orné d'or et de pierreries, s'adressa à Bobon, son trésorier, pour lui trouver un orfèvre capable de l'exécuter. Bobon lui indiqua un ouvrier qu'il employait à la Monnaie. Il se nommait Eloi, et était du village de Chaptelat, près Limoges. Cet ouvrier se mit aussitôt à l'ouvrage, après avoir reçu la quantité d'or et de pierreries nécessaire, et bientôt après, au lieu d'un fauteuil que Clotaire demandait, il lui en apporta deux. A la vue du premier, le roi admira la dextérité de l'artiste; mais il fut charmé de sa probité quand il vit le second. Il le retint à la cour et le logea dans son palais, lui confia différentes missions, et finit par en faire son ministre.

Eloi profita de sa faveur pour prodiguer aux pauvres ses bienfaits. Il menait au milieu de la cour la vie d'un solitaire. Il mangeait peu, était simplement vêtu, et quand le roi lui donnait de riches vêtements, il s'en dépouillait aussitôt en faveur des pauvres. Il emmenait chez lui un grand nombre de malheureux qu'il servait lui-même, et il ne prenait son repas que lorsqu'ils étaient rassasiés. Quelquefois encore, au moment de se mettre à table, il donnait tout son dîner. « On le voyait, dit saint Ouen, son ami et son biographe, toujours environné de pauvres comme une ruche l'est d'abeilles. »

Il fonda deux monastères pour recueillir les captifs qu'il rachetait. Il allait partout où l'on faisait le commerce d'esclaves, et en ramenait souvent cinquante, et même cent à la fois, auxquels il donnait aussitôt la liberté et le choix de retourner dans leur patrie, de demeurer avec lui, ou de se consacrer à la vie monastique. Il fit établir pour les religieuses un vaste cimetière, avec une église dédiée à saint Paul, qui a donné son nom à une grande paroisse.

Il fit construire à Paris le couvent de Saint-Martial; pour en rendre les bâtiments réguliers, il lui manquait une petite place voisine du domaine royal. Il la demanda au roi, après l'avoir mesurée, et l'obtint. Ayant remarqué depuis que cette place avait un pied de plus que ce qu'il avait déclaré, il courut se jeter aux pieds du roi, et lui demanda pardon. Ce prince, qui était Dagobert Ier fils et successeur de Clotaire II, dit aux seigneurs qui l'environnaient : « Voyez quelle est la fidélité de ce serviteur du Christ. Mes gouverneurs et mes officiers me prennent sans scrupule des terres et des seigneuries entières, et Eloi ne veut pas seulement un pouce de terre qui m'appartienne. » Pour récompenser cette droiture, il augmenta du double la donation qu'il avait faite.

L'an 638, Eloi, quoique laïque, fut appelé à remplacer l'évêque de Noyon et de Tournai, dont le diocèse comprenait la Haute-Picardie, la Flandre, et toutes les provinces qui sont au-delà et jusqu'à l'embouchure du Rhin. Les peuples de ces contrées, à peine convertis au christianisme, avaient conservé le caractère farouche qu'ils devaient à leur ancienne religion. Toutefois Eloi accepta la charge pesante de l'épiscopat, et après deux ans d'épreuve il dit adieu à la cour, et se rendit à son église. Il y fit admirer son zèle et sa sollicitude ; il servait de ses propres mains les pauvres et les malades, il leur donnait des habits, et mangeait avec eux. Il visitait les villes et les villages, joignant à ces enseignements l'exemple de toutes les vertus, et opérant de nombreuses conversions. Les païens renversaient eux-mêmes leurs autels et leurs idoles, et tous les ans, à Pâques, on voyait une foule d'enfants, d'hommes et de femmes, recevoir le baptême et la robe blanche des nouveaux chrétiens. Il les exhortait à vivre paisiblement entre eux, à s'entr'aider comme frères, à s'aimer les uns les autres, et à faire toutes sortes de bonnes œuvres.

Quelquefois Eloi travaillait à des ouvrages de sa première profession; il voulait en cela suivre l'esprit du quatrième concile de Carthage, qui recommande à tous les ecclésiastiques, quelque instruits qu'ils soient dans les sciences convenables à leur état, d'apprendre un métier pour gagner leur vie, ou de s'occuper à cultiver la terre, sans préjudice de leurs fonctions.

Eloi mourut âgé de soixante-dix ans et quelques mois; la veille de sa mort, il assembla son clergé et l'exhorta à demeurer ferme dans la charité, et il expira le lendemain, 1er décembre 659.

LE MONT SAINT-BERNARD.

Le mont Saint-Bernard est en Suisse, au sud du Valais, dans la chaîne des Alpes. Le sommet de cette montagne se perd dans les nues. Le froid y est excessif, même en été. On n'y trouve ni arbres ni arbustes. Ses flancs escarpés sont couverts de neige, et d'immenses plaines de glace y sont entrecoupées par de profonds précipices. Ceux qui traversent ces solitudes sont en péril de rouler au fond des abîmes, ou d'être engloutis sous la neige ou sous les amas de glace qui, détachés des rocs par les rayons du soleil, glissent sur le penchant de la montagne, et se précipitent dans les vallées.

Toutefois, grâce au zèle de Bernard de Menthon, les voyageurs trouvent depuis neuf cents ans des secours et un asile contre les dangers de ce passage. Né en 925, d'une des plus illustres familles de Savoie, cet homme vénérable sacrifia les brillants avantages que lui offrait sa position sociale pour embrasser l'état ecclésiastique. Touché des maux qu'avaient à souffrir les pèlerins français et allemands, en allant visiter à Rome les tombeaux des saints apôtres, il établit sur le sommet des Alpes deux hospices appelés, de son nom, le grand et le petit Saint-Bernard. Les moines Augustins qu'il y plaça ont été, au dix-huitième siècle, remplacés par des prêtres séculiers. Le principal monastère de ces pieux solitaires est à plus de deux mille cinq cents mètres au-dessus du niveau de la mer. L'été, sur ces hauteurs, dure à peine trois mois, on n'y jouit guère dans les jours les plus sereins que de trois heures de beau temps. Matin et soir les chiens du monastère vont à la découverte. Ils portent au cou une sonnette pour avertir les voyageurs de leur approche, et une gourde pleine d'eau-de-vie. Quand ils entendent les cris de quelque infortuné prêt à périr, ils reviennent au couvent. On leur suspend au cou un panier rempli d'aliments, les religieux volent sur leurs traces, et leur zèle parvient souvent à arracher quelques victimes à la mort.

Quand, le 6 mai 1800, l'armée française passa les Alpes pour aller conquérir l'Italie, les moines du mont Saint-Bernard rendirent de nombreux services à nos soldats épuisés de fatigue. Un détachement de la brigade du général Menou occupa le monastère pendant deux mois.

La curiosité attire en Suisse un grand nombre d'étrangers, qui tous s'empressent de visiter le mont Saint-Bernard. Dans cet hospice perdu au milieu d'un vaste désert, dans cette habitation la plus élevée qui soit en Europe, ils trouvent toutes les commodités de la vie. Un registre spécial reçoit les noms des visiteurs, et les réflexions que leur inspirent ce site ou leur reconnaissance pour leurs hôtes.

L'ÉVÊQUE DE GENÈVE.

François de Sales, évêque de Genève, donnait quelquefois jusqu'à ses habits, ce qui mettait son intendant de mauvaise humeur, parce qu'il se trouvait embarrassé de fournir aux dépenses de la maison. L'économe querellait alors son maître. Mais François lui répondait avec douceur : « Il est vrai, je suis incorrigible; et qui pis est, j'ai l'air de l'être pour longtemps. »

La princesse Christine de France ayant choisi François de Sales pour aumônier, il accepta à condition de ne point toucher d'appointements s'il n'avait d'aumônier que le titre, sans être tenu d'en exercer la charge. « Madame, ajouta-t-il, je me trouve bien d'être pauvre; je crains les richesses : elles ont perdu tant d'autres, elles pourraient bien me perdre aussi. » La princesse lui fit présent d'un diamant magnifique, en lui disant : « C'est à condition que vous le garderez pour l'amour de moi. » — « Je vous le promets, répondit-il, à moins que les pauvres n'en aient besoin. » — En ce cas, dit Christine, contentez-vous de l'engager, et j'aurai soin de le dégager. » — « Je craindrais, Madame, repartit François, que cela n'arrivât trop souvent, et que je n'abusasse enfin de votre bonté. »

Un jour les députés d'une vallée à trois lieues de Genève vinrent trouver leur évêque, et lui apprirent que des rochers s'étant détachés des montagnes avaient écrasé plusieurs villages et un grand nombre d'habitants, avec quantité de troupeaux qui faisaient toute la richesse du pays; qu'étant réduits par cet accident à la dernière pauvreté, et hors d'état de payer l'impôt, ils n'avaient pu néanmoins obtenir d'en

être déchargés. Ils le supplièrent d'envoyer sur
les lieux pour vérifier l'exactitude de leur récit,
afin de pouvoir écrire en leur faveur. François
de Sales s'offrit de partir lui-même, et sur-le-
champ. « Mais le chemin est impraticable, di-
rent les députés. » — « N'êtes-vous pas venus
par là? répondit François. » — « Nous sommes,
monseigneur, de pauvres gens, accoutumés à
la fatigue. » — « Et moi, je suis votre père,
obligé de pourvoir par moi-même à vos besoins. » Il partit à pied, et il lui fallut une jour-
née entière pour faire les trois lieues à travers
les neiges, et obligé de grimper sur des hauteurs presque inaccessibles, au péril de rouler
dans des précipices. Etant arrivé, il trouva des
gens dans une misère affreuse, mêla ses larmes avec les leurs, les consola, leur donna
tout l'argent qu'il avait apporté, et écrivit en
leur faveur au duc de Savoie, de qui il obtint
tout ce qu'il demanda.

François de Sales avait souvent fait de pa-
reils voyages. N'étant encore que simple prêtre,
il allait dans les bourgs et dans les villages
secourir et instruire les paysans. Il s'était chargé
avec un de ses parents d'aller de canton en
canton pour ramener les Suisses à la religion
catholique, mission difficile et périlleuse que
les plus hardis avaient refusée. En entrant dans
le duché de Chablais, il dit à son compagnon :
« Nous venons ici pour y faire la mission des

apôtres. Si nous voulons y réussir, il faut les imiter. Renvoyons nos chevaux, marchons à pied, et contentons-nous comme eux du nécessaire. » Ils le firent ; et depuis ce moment, François, suivi d'un seul domestique, et ayant pour tout équipage un sac où il y avait une Bible et un Bréviaire, marchait un bâton à la main, gravissant les montagnes, et traversant les torrents les plus rapides. Il essuya mille persécutions ; on lui fermait les auberges, et il était obligé de coucher en plein air ; on lui refusait tout, même le pain ; on le traitait de magicien et de sorcier. Les ministres calvinistes allèrent jusqu'à aposter plusieurs fois des gens pour l'assassiner. Rien ne fut capable de le rebuter, et tel fut l'effet de ses discours et de ses exemples, qu'il convertit en peu de temps soixante-dix mille protestants.

Ces services lui méritèrent l'évêché de Genève. Dans sa nouvelle dignité, il ne se départit pas de sa simplicité primitive. Il ne portait jamais d'étoffes de soie, mais un simple vêtement de laine. Selon lui, ce n'était point par la magnificence des habits qu'il devait se distinguer des autres. Sa maison était propre, mais meublée fort simplement, et sans autres ornements que quelques tableaux de bas prix. Il n'avait que deux chambres tapissées, l'une pour recevoir des visites, l'autre pour coucher les étrangers. Il faisait toujours à pied la visite de son diocèse, à moins que le mauvais temps ne l'obligeât de monter à cheval. Il soignait lui-même les pauvres et les malades; sa table était frugale, et garnie de mets sans apprêt et sans recherche. Ses domestiques étaient en petit nombre, mais bien choisis, et d'une conduite régulière.

La modestie de François de Sales égalait ses autres vertus. Le cardinal de Retz lui offrit la place de coadjuteur de l'évêque de Paris, avec vingt mille écus de pension. François de Sales refusa. « Dieu me veut évêque de Genève, dit-il; il m'a mis à cette église, et rien ne peut m'obliger à l'abandonner. » Il refusa une charge dans le sénat de Chambéry, que lui fit offrir par deux fois le duc de Savoie, disant qu'on ne connaissait pas l'étendue du ministère ecclésiastique, si l'on croyait qu'il n'eût pas de quoi occuper un homme tout entier.

François de Sales catéchisait lui-même les enfants et examinait avec exactitude ceux qui se présentaient pour entrer dans les ordres. Reconnaissait-il en eux des vues d'ambition ou d'intérêt, des vices, de l'ignorance, il les écartait sévèrement. « Votre diocèse manque de prêtres, lui représentait-on. » — « Je le sais, répondait-il; mais l'Eglise n'a pas tant besoin de prêtres que de bons prêtres; prions le Maître de la moisson d'y envoyer des ouvriers. »

Il s'était fait une règle de ne jamais plaider,

se souvenant qu'une des qualités que saint Paul exige dans un évêque est de ne point aimer les procès. Une seule fois il fut engagé, pour les intérêts de son diocèse, dans un procès qu'il gagna. Son économe lui proposa d'en exiger les dépens avec rigueur des gentilshommes qui l'avaient perdu. « Dieu me garde, répondit-il, d'en user ainsi envers qui que ce soit; mais particulièrement envers mes diocésains qui sont mes enfants. » L'économe insista en lui représentant que ces dépens montaient à une somme considérable. « Et comptez-vous pour un petit gain, repartit l'évêque, de regagner des cœurs que ce procès m'a peut-être aliénés? » Aussitôt il envoya chercher les gentilshommes, et leur remit leur dette.

François de Sales fut canonisé en 1665. Ses reliques sont déposées dans l'église d'Annecy. Cette ville, désolée par la peste en 1597, l'avait vu accourir en hâte à son secours. Un gentilhomme disait de lui : « Il est moins évêque de Genève que de tous les gueux d'Annecy. »

SAINT VINCENT DE PAUL.

Vincent de Paul naquit à Ranquiras, petit hameau de la paroisse de Pouy, département des Landes. Ses parents étaient fort pauvres, et l'occupèrent pendant son enfance à garder les troupeaux. A l'âge de douze ans il entra chez les Cordeliers d'Acqspour faireses études, et ses progrès furent si rapides que bientôt il fut en état de pourvoir à sa subsistance, en s'appliquant avec zèle à instruire des enfants qu'on lui confiait. Le bruit de sa piété et de sa science étant parvenu jusqu'aux oreilles de l'évêque de Périgueux, on l'engagea à entrer dans les ordres, et bientôt il fut pourvu de la cure de Tilh, à laquelle il renonça en faveur d'un compétiteur plus pauvre que lui. Déjà de grandes pensées de bienfaisance germaient dans son esprit, et Vincent se désolait de n'avoir que quelques deniers à donner aux pauvres, de ne pouvoir faire l'aumône qu'à quelques infortunés en particulier, et de n'être pas assez riche pour, aux dépens de sa fortune, pouvoir faire goûter quelque bien-être à tous ceux qui manquaient du nécessaire.

Il alla à Toulouse, en 1605, et apprit avec joie qu'un homme de bien l'avait institué son héritier. Il commença à espérer que ses projets charitables pourraient avoir une exécution prochaine. Il se rendit à Marseille pour prendre des arrangements avec un débiteur de la succession, et à son retour, ayant voulu prendre mer jusqu'à Narbonne, le bâtiment qu'il montait fut attaqué par un pirate de Tunis, que la foire de Beaucaire avait attiré dans ces parages, et il fut emmené en esclavage.

Dans une lettre du 24 juillet 1607, il raconte avec quelle patience et quelle résignation il supporta ce sort déplorable, passant de main en main, livré à des travaux pénibles, et tombant enfin au pouvoir d'un renégat qui fut si touché de sa vertu qu'il abjura son erreur, quitta Tunis avec Vincent de Paul et sa femme, que celui-ci était parvenu à convertir, et rentra dans le sein de l'Eglise chrétienne. Ce ne fut point la seule preuve de résignation que donna Vincent de Paul : accusé d'avoir volé une somme considérable au juge de Sore, son commensal et son ami, et toutes les preuves se réunissant contre lui, il n'essaya point de se défendre ; ce ne fut qu'au bout de six ans que la vérité fut connue, et pendant tout ce temps il supporta avec la plus admirable patience le poids de cette accusation, qui avait eu la plus grande publicité.

En 1617, il consentit à aller desservir la cure de Châtillon-les-Dombes, dans la Bresse. Il faut voir dans les histoires de ce grand homme tout le bien qu'il opéra dans cette ville, durant les cinq mois qu'il en demeura chargé. Le vice marchait tête levée, il le réprima ; des abus énormes déshonoraient la religion, il les extirpa ; des pécheurs d'un rang élevé scandalisaient le pays, il les convertit. Mais ce qui honore le plus cet excellent pasteur, c'est le soin qu'il eut des pauvres et des infirmes. Il institua une confré-rie de charité qui devint le modèle de toutes celles qui s'établirent en France. Il voulait qu'on en usât avec les malades comme une mère pleine de tendresse en use à l'égard de son fils unique; qu'on tâchât, par tous les moyens pos-sibles, de les égayer et de les réjouir, s'ils pa-raissaient trop frappés de leur mal.

Il entreprit plusieurs missions, et dans les intervalles de loisir qu'elles lui laissèrent, il fixa ses regards sur les criminels condamnés aux galères. Il plaignait ces malheureux qui payent par toute une vie de souffrances quel-quefois un seul moment d'erreur, et pleura en songeant que beaucoup de ces infortunés que la justice des hommes accable ont été conduits par la misère au crime, et par le crime à une dégradation qui leur ferme à jamais la société et les isole au milieu des hommes, ne leur lais-sant d'autre ressource que celle de commettre de nouveaux crimes. Il fit un appel à la géné-rosité de ses amis, et leur peignit d'une manière si touchante les douleurs et les privations des prisonniers, que chacun s'empressa de concou-rir à l'accomplissement de la pensée charitable qu'il avait eue d'améliorer leur sort.

L'année 1622 est remarquable par un trait historique de dévouement que la charité chré-tienne peut seule inspirer. Vincent partit inco-

gnito pour Marseille, afin de mieux s'assurer
par lui-même de l'état des forçats dans les galères, et de se dérober en même temps aux
honneurs qu'on ne pouvait manquer de rendre
à son mérite. Comme il allait de rang en rang
pour tout voir et tout entendre, il aperçut un
forçat qui paraissait plus désolé que les autres
et plus impatient de ses chaînes. Vincent lu'
demanda la cause de son désespoir; le forçat
lui répondit qu'il était inconsolable de ce que
son absence réduisait sa femme et ses enfants
à la plus affreuse misère. Touché de tant de
maux, et se voyant dans l'impossibilité d'y re-
médier, Vincent se livre à son magnanime en-
thousiasme, il se substitue à la place du forçat.
Quels éloges peut-on donner à un pareil trait!

En 1623, il établit à Mâcon deux confréries de
charité, une pour les hommes et l'autre pour
les femmes. On arrêta dans ce règlement qu'on
donnerait l'aumône certains jours aux pauvres
qui se feraient inscrire sur le catalogue;
et que si on les trouvait à mendier dans les
églises ou par les maisons, ils seraient punis
de quelque peine, avec défense de leur rien
donner; que les passants seraient logés pour
une nuit et renvoyés le lendemain avec deux
sols; que les pauvres honteux seraient assistés
en leurs maladies et pourvus d'aliments et de
remèdes convenables. Vincent de Paul n'avait
rien de ce qu'il fallait quand il commença cette

entreprise, et bientôt on fut pourvu de tout en
abondance. Voici comme il s'en explique lui-
même : « Quand j'établis la charité à Mâcon,
chacun se moquait de moi ; on me montrait au
doigt par les rues, croyant que je n'en pourrais jamais venir à bout ; et quand la chose fut
faite, chacun fondait en larmes de joie ; et les
échevins de la ville me faisaient tant d'honneur
au départ, que, ne le pouvant porter, je fus
contraint de partir en cachette, pour éviter
cet applaudissement. »

La peste et la famine ayant désolé la Lor-
raine pendant plusieurs années, et la guerre
s'étant jointe à ces fléaux, Vincent de Paul se
chargea d'en adoucir les rigueurs. Il fit distribuer par les prêtres des aliments, des remèdes,
des vêtements, de l'argent dans toutes les villes
de ce malheureux duché, avec une étonnante
promptitude, au milieu d'incroyables dangers.
Paris était plein de voleurs qui étaient venus y
chercher un asile contre la misère. La conti-
nuation de la guerre accroissant de jour en
jour les maux publics, Vincent prend le parti
d'aller trouver le cardinal de Richelieu ; il lui
expose ses raisons ; puis tout-à-coup se jette à
ses genoux, et lui dit en sanglotant : « Monseigneur, donnez-nous la paix ; ayez pitié de
nous ; donnez la paix à la France. »

Ce fut en 1646 qu'il fixa pour toujours le sort
des enfants trouvés. Depuis longtemps il s'ap-

pliquait à assurer à ces petits êtres infortunés les soins dont ils ont besoin dès l'enfance, un appui et une règle pour la jeunesse, et une position sociale pour ceux qui avaient atteint l'âge de prendre place dans le monde. Voulant achever cette œuvre sacrée, et ne connaissant point d'obstacles quand il s'agissait de soulager l'humanité, il convoqua une assemblée générale des dames qui concouraient à toutes ces bonnes œuvres, et après leur avoir exposé la situation des enfants, et les raisons alléguées par ceux qui voulaient les secourir, il se livra à la sensibilité de son âme, et parla en ces termes :

« Or sus, mesdames, la compassion et la charité vous ont fait adopter ces petites créatures pour vos enfants. Vous avez été leurs mères selon la grâce, depuis que leurs mères selon la nature les ont abandonnés. Voyez maintenant si vous voulez aussi les abandonner pour toujours. Cessez à présent d'être leurs mères, pour devenir leurs juges ; leur vie et leur mort sont entre vos mains. Je m'en vais donc, sans délibérer, prendre les voix et les suffrages. Il est temps de prononcer leur arrêt, et de décider irrévocablement si vous ne voulez plus avoir pour eux des entrailles de miséricorde. Les voilà devant vous ! ils vivront, si vous continuez d'en prendre un soin charitable : mais je vous déclare devant Dieu, ils seront tous morts demain si vous les délaissez. »

A ces mots, l'assemblée électrisée consentit à tout ce que désirait Vincent : il fut résolu que les bonnes œuvres seraient continuées, et chacun contribuant de ses deniers et de son crédit, le projet que le saint prêtre poursuivait avec tant de sollicitude reçut son accomplissement.

En 1653, il fonda un hospice du nom de Jésus, pour quatre-vingts vieillards de l'un et de l'autre sexe. Les frais de cette fondation furent faits par un homme aussi modeste que bienfaisant dont Vincent même ne connut jamais le nom. En 1653, à la prière de notre saint, Anne d'Autriche donna l'enclos et la maison de la Salpêtrière, dont on fit un lieu de refuge pour tous les pauvres de la capitale.

Malgré les fatigues corporelles que saint Vincent de Paul eut à endurer, sa tranquillité intérieure et sa satisfaction lorsqu'il faisait le bien étaient si grandes, qu'il se conserva toujours dans un état de santé florissant. Ce ne fut que pendant les deux dernières années de sa vie qu'il commença à s'affaiblir. Il mourut à Saint-Lazare, le 27 septembre 1650, à l'âge de quatre-vingt-cinq ans. Le jour de sa mort fut un jour de deuil pour tout Paris. Henri de Maupas du Tour, alors évêque du Puy, prononça son oraison funèbre à Saint-Germain-l'Auxerrois. Saint Vincent de Paul fut béatifié

par Benoît XIII, le 14 août 1729, et canonisé
par Clément XII, le 16 juin 1737. Sa fête est
fixée au 18 juillet.

LA PESTE DE MARSEILLE.

La ville de Marseille fut désolée, en 1720,
par la peste. Les habitants furent décimés par
ce fléau redoutable, et on fut obligé d'user des
mesures les plus rigoureuses pour que la contagion ne se répandît pas dans toute la province. Les autorités de la ville l'avaient aban-
donnée; un seul homme osa rester pour soutenir le courage des infortunés Marseillais et
secourir les malheureux que la peste avait atteints. C'était l'évêque Belzunce. Né le 4 septembre 1671, au château de La Force, en
Périgord, d'abord grand-vicaire d'Agen, il fut
élevé à l'évêché de Marseille en 1709. Cet
homme intrépide ne voulut pas abandonner son
troupeau au moment du danger, et, soutenu par
son courage, qu'il tâcha d'inspirer aux infortunés que la contagion désolait, il parvint à les
sauver du désespoir. Millevoye, dans un petit
poème que lui a inspiré la conduite de ce courageux évêque, a tracé le tableau de la ville en
proie au fléau destructeur, et les efforts de

prélat pour soutenir ses concitoyens malheureux; nous en citerons quelques fragments qui
plairont sans doute à nos lecteurs.

. . . .

La pompeuse cité n'offre plus au regard
Qu'un peuple de mourants à l'œil creux et hagard.
Leur langue desséchée aux accents se refuse ;
Leur esprit incertain, qu'un vain prestige abuse,
Ne voit plus qu'à travers un voile ténébreux ;
Et jusqu'à la douleur, tout est songe pour eux.
La douleur cependant provoque, aigrit sans cesse
De leurs nerfs inquiets l'irritable faiblesse :
Ceux-ci du coup fatal tombent frappés soudain ;
Ceux-là vont au cercueil par un plus long chemin :
L'un sur le bord des eaux avec effroi se traîne ;
L'autre, égaré, tantôt mord la poudreuse arène,
Tantôt ronge en hurlant ses bras défigurés
Que le brûlant ulcère a presque dévorés.

De citoyens armés une inflexible chaîne
Autour des murs s'étend, par devoir inhumaine
Prêt à tonner, le bronze est tourné vers le port,
Et la mort se présente à qui veut fuir la mort.
La consternation, immobile et glacée,
Reste sans souvenir, sans plainte, sans pensée :
Le port désert, plongé dans un calme effrayant,
N'entend plus ni les cris ni le marteau bruyants ;
Les temples sont fermés ; dans ces douleurs publique
Des saints sur les autels on voila les reliques ;
Le cierge consacré cessa de s'allumer,
L'hymne de retentir, et l'encens de fumer.

. . . .

Mais voilà que du ciel sur la terre envoyé,
Apparaît tout-à-coup un ange de pitié :
C'est Belzunce ; les cris de Marseille plaintive
Ont averti de loin cette oreille attentive ;
Il accourt ; on s'écrie : « Où portez-vous vos pas ?
» Fuyez, fuyez la mort ! — Non, je ne fuirai pas.
» Qu'une indigne frayeur lâchement me retienne !
» Non, ce peuple est mon peuple, et sa vie est la mienne :
» Ma place est là, j'y cours : auprès de son troupeau
» Le pasteur attendra l'homicide fléau. »
Ses ordres à l'instant rouvrent le sanctuaire ;
Le peuple avec ferveur l'escorte vers la chaire,
Et s'arrête saisi d'un saint frémissement.
Belzunce devant Dieu se recueille un moment,
Et les yeux attachés sur la croix symbolique,
Fait entendre en ces mots sa voix évangélique :
« Aux clous de cette croix l'Homme-Dieu vient s'offrir,
» Que son exemple au moins nous enseigne à souffrir !
» Adorez avec moi la volonté céleste ;
» Humbles de cœur, prions : le ciel fera le reste. »
Il dit ; vers le Très-Haut la prière a volé :
Le malheureux qui prie est déjà consolé.

Cependant le prélat, dans ce désordre extrême,
Où l'effroi du péril double le péril même,
Au-devant du trépas marche sans s'émouvoir,
Et rend autour de lui la vie avec l'espoir.
Il ouvre à la douleur un asile propice ;
Son auguste palais se change en humble hospice ;
Les lits nombreux du pauvre, alignés tristement,
Désormais de ce lieu sont l'unique ornement ;
Et tout l'or qu'enfermait l'opulente demeure
Partout s'offre aux besoins du malheureux qui pleure.
Saint prélat ! Dieu te garde un bien plus précieux :
Ta noble pauvreté doit t'enrichir aux cieux !

. . . .

3

. . . . (Belzunce) enflammé d'un saint zèle
Il se montre partout où le danger l'appelle;
Partout où le fléau semble le plus affreux,
Il vole, et ses secours sont au plus malheureux.
Quand Moïse, aux regards de la foule tremblante,
Franchit du haut Horeb la cime étincelante,
Israël éperdu, prosterné devant Dieu,
A son libérateur disait un long adieu :
Telle autour de Belzunce une foule éplorée
Recommandait au ciel cette tête sacrée.
Peuple, cesse ta plainte, et sors de ton effroi;
Le ciel veille sur lui pour qu'il veille sur toi.
Sous l'aile du Seigneur, le prélat vénérable
Dans le commun fléau demeure invulnérable.

Enfin sous tant d'efforts il se sent accablé,
De succomber trop tôt lui-même il a tremblé.
L'intrépide nageur qui sur les noirs abîmes
A déjà ressaisi de nombreuse victimes,
Vers d'autres malheureux par les flots menacés,
Se précipite, lutte, étend ses bras lassés,
Les saisit.... Mais, hélas! sans force et sans haleine,
Pourra-t-il parvenir à la rive lointaine ?
Tel est Belzunce. Au ciel sa grande âme eut recours.
« Dieu, laissez-moi pour eux vivre encore quelques
                                            [jours!
» Et nous, que l'anathème a chosis pour victimes,
» Nous, pécheurs, qui portons la peine de nos crimes,
» Essayons d'émousser les flèches du courroux;
» Mettons la pénitence entre la mort et nous.
» Peuple, suivez mes pas! » Et la foule troublée
Autour de lui se presse en désordre assemblée.
Il était nuit. Belzunce, en ces pieux instants,
Humble et le cou pressé du nœud des pénitents,
Le pied nu, l'œil au ciel, marche autour des murailles,
A voix basse entonnant l'hymne des funérailles.

De pâles citoyens, cortége peu nombreux,
Consumant leur faiblesse en efforts douloureux,
A peine supportaient d'une main affaiblie
Des flambeaux défaillants, image de leur vie,
Lorsque, devant leurs pas, l'asile sépulcral
Offrit ses humbles croix et son tertre inégal.
Leur chant religieux bénit la poudre sainte
Des ossements blanchis, épars dans son enceinte :
Et la nuit répéta les ténébreux accords
Des mourants qui priaient sur la cendre des morts
De ce chant consacré les tombes retentirent,
La terre s'en émut, et les cieux l'entendirent :
On dit même qu'alors l'ange mystérieux
Qui s'assied aux confins de la terre et des cieux,
Laissant un sillon d'or sur la route étoilée,
Descendit lentement et la face voilée,
Recueillit les soupirs, et, saint médiateur,
Les porta sur son aile aux pieds du Créateur.
Faveur soudaine ! il luit le jour de la clémence ;
L'Eternel fait un signe, et le pardon commence.
Le peuple, libre enfin du fléau destructeur,
Embrasse les genoux de son libérateur,
Se porte vers le temple, et, par un juste hommage,
Bénit le Tout-Puissant dans sa vivante image.

Cette procession est renouvelée tous les ans à Marseille, où le nom de Belzunce sera toujours en grande vénération. La cour, pour récompenser le zèle et le dévouement de ce courageux évêque, lui offrit, en 1723, l'évêché de Laon, duché-pairie, et, en 1729, l'archevêché de Bageley; mais il refusa, et ne voulut jamais, quelques honneurs qu'on lui offrit, abandonner les Marseillais dont il avait partagé

les douleurs et les dangers pendant cette peste
affreuse. Il mourut à Marseille, le 4 juin 1755.
Le peuple qui suivit en foule ses funérailles le
pleura comme son libérateur, et les pauvres,
dont il était le père, vinrent plus d'une fois
pleurer sur son tombeau.

L'AUMONIER DES GALÉRIENS.

Tiburce Du Péroux-Desgranges, né dans le
Berri, en 1678, fit ses études à Saint-Maximin
en Provence, et fut ordonné prêtre à Orange.
Il revint alors dans sa patrie pour y exercer
son ministère ; mais, apprenant que la peste
désolait la Provence, il accourut pour servir
et exhorter les pestiférés. Atteint lui-même de
la contagion, rappelé à la santé avant la fin de
l'épidémie, il reprend avec courage le cours de
ses pieuses occupations, et ne quitte la Provence que lorsque la peste a cessé complète-
ment ses ravages.

A son retour, Desgranges fut nommé curé ;
mais ne se croyant pas les talents nécessaires
pour gouverner une paroisse, il vint à Paris,
où, voulant vivre utile mais inconnu, il se
cacha au milieu des pauvres de Bicêtre, les
édifiant par sa vie, les instruisant par ses dis--

cours. Emu de compassion pour les malheureux qui, condamnés aux fers, partaient tous
les ans de Paris et de Rennes pour les chiour-
mes de Marseille, il désira leur servir d'aumônier pendant la route. Il fallait l'agrément de
la cour; il l'obtint aisément; car les peines et
les dangers de cette fonction éloignèrent tous
les concurrents. Il déclara d'ailleurs au ministre Maurepas qu'il n'en coûterait rien au
trésor public, et qu'il ferait les voyages à ses
dépens. Maurepas lui fit expédier un brevet
honorable, que l'abbé Desgranges appelait son
brevet de galérien. Dès lors il suivit la chaîne,
s'occupant de procurer aux galériens tous les
secours spirituels et temporels, bravant tous
les dégoûts, à la fois leur médecin et leur con-
fesseur, aidant à mourir ceux que l'épuise-
ment faisait succomber dans la route et ceux
que le grand air frappait mortellement au sortir
des cachots. La nuit on renfermait ordinaire-
ment les galériens dans une écurie. Leur pieux
aumônier montait alors dans l'auge, et, de-
bout, s'appuyant d'une main au râtelier, du
haut de cette chaire bizarre il prêchait avec
une onction qui ne fut pas toujours stérile pour
le misérable auditoire.

Bientôt les fatigues de l'abbé Desgranges,
le mauvais air qu'il respirait, attaquèrent sa
santé. Il avait fait près de huit cents lieues depuis le 25 août jusqu'au 18 novembre 1125,

jour où il arriva chez l'évêque de Senez, Jean Soanem, dans la ville de Castellane. Le prélat, dans une lettre écrite à la comtesse de Gamaches, sœur de l'aumônier des galériens, peint en ces termes le triste état dans lequel il se présenta devant lui. « Il n'avait qu'un surtout fort usé, une espèce de soutanelle de même, une sale chemise presque pourrie, nul linge, ni bonnet, ni coiffe de nuit, ayant, jusqu'alors couché avec son chapeau. » Deux jours après son arrivée, l'abbé Desgranges fut atteint d'une fièvre maligne. Dans son délire, croyant toujours être avec ses galériens, il s'écriait : « Courage, mes enfants ! tout pour Dieu ! » Il mourut le 29 novembre 1726, et l'évêque, le clergé et les magistrats assistèrent aux funérailles de cet ami de l'humanité.

FÉNELON.

Fénelon, archevêque de Cambrai, y disait la messe tous les samedis. Un jour il aperçut, au moment où il allait monter à l'autel, une femme fort âgée qui paraissait vouloir lui parler ; il s'approcha d'elle avec bonté, et l'enhardit à s'exprimer. « Monseigneur, lui dit-elle en pleurant et en lui présentant une pièce de douze sous, je n'ose pas, mais j'ai beaucoup de confiance dans vos prières ; je voudrais vous demander de dire une messe pour moi. » — « Donnez, ma bonne, lui répondit Fénelon en recevant son offrande, votre aumône sera agréable à Dieu. » — « Messieurs, dit-il ensuite aux prêtres qui l'accompagnaient, apprenez à honorer votre ministère. » Après la messe, il fit remettre à cette femme une somme assez considérable, et lui promit de dire une seconde messe le lendemain à son intention.

Le palais de Fénelon, à Cambrai, ayant été incendié, il perdit ses manuscrits, ses papiers, sa bibliothèque. Cet événement ne lui arracha d'autres plaintes que ces paroles si touchantes : « Il vaut mieux que le feu ait pris à ma maison qu'à la chaumière d'un pauvre laboureur. »

Nommé précepteur du duc de Bourgogne, petit-fils de Louis XIV, Fénelon lui inspira les sentiments les plus élevés. « Il ne faut pas que tous soient à un seul, lui écrivit-il ; mais un seul doit être à tous pour faire leur bonheur. »

Ce vertueux prélat avait coutume de dire : « J'aime mieux ma famille que moi-même j'aime mieux ma patrie que ma famille, mais j'aime encore mieux le genre humain que ma patrie. » Admirable progression de sentiments et de devoirs.

LE BRAVE HOMME.

Pendant la nuit orageuse du 31 août 1777, vers les neuf heures du soir, un navire sorti du port de La Rochelle, chargé de sel, monté de huit hommes et de deux passagers, approcha des jetées de Dieppe. Le vent était impétueux et la mer si agitée, qu'un pilote côtier essaya en vain quatre fois de sortir pour diriger son entrée dans le port. Bousard, l'un des autres pilotes, s'apercevant que celui du navire faisait une fausse route qui le mettait en danger, tenta de le guider avec le porte-voix et les signaux; mais l'obscurité, le sifflement des vents, le fracas des vagues, et la grande agitation de la mer, empêchèrent le capitaine de voir et d'entendre : bientôt le navire, ne pouvant plus être gouverné, fut jeté sur le galet, et échoua à trente toises de la jetée.

Aux cris des malheureux qui allaient périr, Bousard, sans s'arrêter aux représentations qu'on lui faisait et à l'impossibilité apparente du succès, résolut d'aller à leur secours. D'abord il fait éloigner sa femme et ses enfants qui voulaient le retenir; ensuite il se ceint le corps avec une corde dont le bout était attané à la jetée, et se précipite au milieu des flots.

Les marins seuls, ou ceux qui ont considéré de dessus une éminence les vagues irritées et leurs ondulations, surtout aux environs d'un objet qui leur résiste, peuvent se former une idée du danger auquel il s'exposait. Après des efforts incroyables, Bousard atteignit cependant la carcasse du navire, que la fureur de la mer mettait en pièces, lorsqu'une vague l'en arracha et le rejeta sur le rivage. Il fut ainsi vingt fois repoussé par les flots, et roulé violemment sur les galets. Son ardeur ne se ralentit point : il se replonge à la mer; une vague furieuse l'entraîne sous le navire. On le croyait mort, lorsqu'il reparut, tenant entre ses bras un matelot qui avait été précipité du bâtiment, et qu'il apporta à terre sans mouvement et presque sans vie.

Enfin, après plusieurs tentatives inutiles, entouré de débris qui augmentaient encore le danger, il parvient au navire, s'y accroche, et y lie sa corde. Bousard ranime et soutient l'équipage ; il fait toucher aux matelots cette corde salutaire qui leur trace un chemin au milieu des ténèbres et des flots ennemis. Il les porte même quand les forces leur manquent; il nage autour d'eux comme un ange tutélaire, et, luttant contre les vagues qui redemandent en rugissant leurs victimes, il en dépose sept sur le rivage.

2.

Epuisé par son triomphe même, Bousard gagne avec peine la cabane où le pavillon est déposé ; là il succombe, et reste quelques instants dans un état de défaillance effrayant.

On venait de lui donner des secours, il avait rejeté l'eau de la mer, et il reprenait ses esprits, lorsque de nouveaux cris frappèrent ses oreilles. La voix de l'humanité, plus efficace que toutes les liqueurs spiritueuses, lui rend sa première vigueur ; il court à la mer, s'y précipite une seconde fois, et est assez heureux pour sauver un des deux passagers qui était resté sur le bâtiment, et que la faiblesse avait empêché de suivre les autres naufragés. Bousard le saisit, le ramène, et rentre dans la maison suivi de huit échappés à la mort, qui le proclament à haute voix leur sauveur. Des dix hommes qui montaient le navire, il n'en périt que deux ; leurs corps furent retrouvés le lendemain sur le galet.

Les habitants de Dieppe témoignèrent par leurs applaudissements de toute l'admiration que leur inspirait la conduite de leur courageux concitoyen, qui mille fois avait exposé sa vie, dans de pareilles occasions, pour sauver celle de malheureux naufragés. On lui donnait généralement le nom de *brave homme,* nom qu'il justifia tant de fois par son intrépidité et son dévouement héroïque à l'humanité. Il employait tous ses instants à surveiller nuit et jour le port et la jetée de Dieppe. A la moindre apparence d'agitation de l'Océan, ou de quelque navire ou barque en détresse, Bousard s'élançait dans les flots, muni de cordes, et dirigeait l'équipage vers le port. Si la mer en fureur s'y opposait et s'il ne pouvait y conduire le bâtiment, il se saisissait des matelots et des passagers, et les remettait en détail sur le rivage.

Dans le courant de l'automne 1784, le brave Bousard s'aperçut, vers le milieu de la nuit, qu'une barque périssait à peu de distance des jetées. Attiré par les cris des malheureux qui se débattaient dans les flots, il leur jeta des cordes, dont il avait toujours le plus grand soin de se pourvoir, et appela à son secours ceux qui se trouvaient sur le rivage à portée de l'entendre.

L'obscurité était si grande qu'il ne pouvait apercevoir ceux qui étaient dans le péril, et qu'eux-mêmes avaient de la peine à distinguer le faible secours qu'on leur présentait. Le fils de Bousard était du nombre des six hommes naufragés ; il fut assez adroit pour s'emparer d'une corde qui l'aurait conduit promptement sur la jetée ; mais voyant à ses côtés un malheureux enfant de quatorze ans, dont les forces étaient déjà épuisées, et qui se laissait entraîner par les vagues, en digne fils du *brave homme*, il résolut, au risque de sa vie, de le

sauver du danger. Pour y parvenir plus sûre-
ment, il lui passa le bout de la corde sous les
bras et se la passa lui-même entre les cuisses.
Ce double fardeau la fit rompre; un cri de celui qui tenait cette corde avertit Bousard père
de l'accident; il en jeta promptement une autre
que son fils saisit. Ce jeune homme intrépide
s'était décidé à ne pas abandonner dans une
situation si critique cet enfant qu'il avait pris
sous sa sauvegarde, qui s'attachait fortement à
lui, et qui plongeait dans la mer chaque fois
qu'il lâchait prise. Il le lia de nouveau avec une
seconde corde, et fut assez heureux, avec l'aide
de son père, pour le remonter, ainsi garrotté,
sur la jetée, à plus de dix-huit pieds d'éléva-
tion du niveau de la mer. Trois autres furent
également enlevés aux flots par le secours des
cordes de Bousard.

Cette belle action de Bousard fils, qui s'as-
sociait à la gloire de son père, n'était point
le coup d'essai de son courage; en 1784, il
avait déjà sauvé la vie à quatre naufragés. La
chambre de commerce lui décerna une médaille d'argent, et ce jeune homme ne cessa
jamais de donner des preuves de ce dévouement qui a valu à son père le nom de *brave
homme.*

L ECOLIER GÉNÉREUX.

Un écolier âgé de dix-huit ans, étudiant en
rhétorique au collége d'Harcourt, rencontra
dans une de ses promenades un homme couvert
des haillons de la misère. L'indigence et les
malheurs avaient altéré dans cet infortuné les
traits d'un ancien domestique qui l'avait autrefois servi chez ses parents. Il le reconnut avec
peine, et s'en approcha avec la pitié la plus
vive et le plus puissant intérêt.

Après l'avoir interrogé sur les causes de
son infortune, à laquelle il remarqua que les
vices ni la paresse n'avaient aucune part, il
lui assigna un rendez-vous pour le matin au
collége d'Harcourt. Il lui donne pour premier
secours tout l'argent qu'il possédait alors, et
la portion de pain destinée à son déjeuner, avec
ordre de revenir l'après-dîner pour son goûter.
Il le charge de se loger dans une maison
honnête, et de lui faire connaître l'hôtesse
chez laquelle il aura choisi son gîte. Il s'excuse
sur la modicité des secours qu'il lui procure
alors, et l'exhorte à espérer du temps et de
sa bonne conduite des jours plus calmes et plus
heureux.

L'hôtesse choisie se présenta au jeune homme, reçut pendant huit mois le prix de ses loyers. Elle éclaira les démarches de l'indigent et rendit témoignage de sa conduite. L'infortuné vécut pendant ce long espace de temps de la portion de pain destinée au déjeuner et au goûter du généreux écolier; mais comme elle n'aurait pas suffi, il ajouta par chaque semaine la modique somme d'argent que ses parents, en récompense de son travail, lui abandonnaient pour les plaisirs et les besoins de son âge.

Cependant il retranchait méthodiquement quelque chose pour mettre en masse, afin d'habiller cet honnête malheureux. Quand il fut assez riche, il employa l'industrie d'un tiers pour acheter à la friperie un habit, et mit son protégé en état de se présenter sans humiliation pour solliciter quelque emploi. Cependant l'impatient jeune homme s'agitait, s'intriguait pour lui trouver une place où il pût, en travaillant, se procurer une vie plus aisée.

Enfin, il eut le bonheur de prévenir le vœu de cet indigent qui, pour dernière ressource, voulait s'engager. Il le fit entrer pour domestique dans une maison où sa mère avait quelques liaisons. Cette dame, dînant un jour chez son amie, reconnut ce laquais autrefois à ses gages. La curiosité la porta à lui demander l'histoire de sa vie, depuis qu'il avait quitté son service; elle finissait par le récit détaillé de la généreuse sensibilité de son fils. Jusque-là un profond secret avait été gardé de la part de son jeune bienfaiteur, qui avait même trompé sur cet article la vigilance de son précepteur.

L'ÉVASION.

Un religieux fut mandé pour disposer à la mort un voleur de grand chemin : on l'enferma avec le patient dans une petite chapelle, et pendant qu'il faisait ses efforts pour l'exciter au repentir de son crime, il s'aperçut que cet homme était distrait et l'écoutait à peine. « Mon cher ami, lui dit-il, pensez que dans quelques heures il faudra paraître devant Dieu; et qui peut vous distraire d'une affaire pour vous d'une si grande importance? » — « Vous avez raison, mon père, lui dit le patient; mais je ne puis m'ôter de l'esprit qu'il ne tiendrait qu'à vous de me sauver la vie; et une telle pensée est bien capable de me donner des distractions. » — « Comment m'y prendrais-je pour vous sauver la vie? lui répondit le religieux; et quand cela serait en mon pouvoir, pourrais-je hasarder de le faire, et vous donner par là occasion d'accumuler vos crimes? » — « S'il

n'y a que cela qui vous arrête, répondit le patient, vous pouvez compter sur ma parole; j'ai
vu le supplice de trop près pour m'y exposer
de nouveau. »

Le religieux fit ce que tout le monde eût fait
en pareille occasion; il se laissa attendrir, et il
ne fut plus question que de savoir comment il
faudrait s'y prendre. La chapelle où ils étaient
n'était éclairée que par une fenêtre qui était
proche du toit et élevée de quinze pieds. « Vous
n'avez, dit le criminel, qu'à mettre votre chaise
sur l'autel, que nous pouvons transporter au
pied du mur, vous monterez sur la chaise
et moi sur vos épaules, d'où je pourrai gagner
le toit. » Le religieux se prêta à cette manœu-
vre, et resta ensuite tranquillement sur la
chaise, après avoir remis à sa place l'autel, qui
était portatif. Au bout de trois heures, le bourreau, qui s'impatientait, frappa à la porte, et
demanda au religieux ce qu'était devenu le
criminel. « Il faut que ce soit un ange, répondit froidement le religieux; car, foi de prêtre,
il est sorti par cette fenêtre. » Le bourreau,
qui perdait à ce compte, après avoir demandé
au religieux s'il se moquait de lui, courut avertir les juges. Ils se transportèrent à la chapelle,
où notre homme assis leur montra la fenêtre,
leur assura en conscience que le patient s'était
envolé par là, et que peu s'en était fallu qu'il
ne se recommandât à lui, le prenant pour un

ange; qu'au surplus, si c'était un criminel, ce
qu'il ne comprenait pas après ce qu'il lui avait
vu faire, il n'éta'. pas fait pour en être le gar-
dien. Les magistrats ne purent conserver leur
gravité vis-à-vis du sang-froid de ce bon
homme, et ayant souhaité un bon voyage au
religieux, se retirèrent.

Vingt ans après, ce religieux, passant par
les Ardennes, se trouva égaré dans le temps
que le jour finissait; un homme vêtu en paysan,
l'ayant examiné attentivement, lui demanda où
il voulait aller, et l'assura que, s'il voulait le
suivre, il le mènerait dans une ferme qui n'était
pas fort éloignée, où il pourrait passer tranquillement la nuit. Le religieux se trouva embarrassé, la curiosité avec laquelle cet homme
l'avait regardé lui donnait des soupçons; mais
considérant que, s'il avait quelques mauvais
desseins, il ne lui serait pas possible d'échap-
per de ses mains, il le suivit en tremblant. Sa
peur ne fut pas de longue durée; il aperçut la
ferme dont le paysan lui avait parlé, et cet
homme, qui en était le maître, dit en entrant à
sa femme de tuer un chapon avec les meilleurs
poulets de sa basse-cour, afin de bien régaler
son hôte. Pendant qu'on préparait le souper,
'e paysan rentra suivi de huit enfants à qui il
dit : « Mes amis, remerciez ce bon religieux ;
sans lui vous ne seriez pas au monde, ni moi
non plus ; il m'a sauvé la vie. » Le religieux se

rappela alors les traits de cet homme, et reconnut le voleur duquel il avait favorisé l'évasion. Il fut accablé de caresses et des actions de grâces de la famille; et lorsqu'il fut seul avec cet homme, il lui demanda par quel hasard il se trouvait si bien établi. « Je vous ai tenu parole, lui dit le voleur; et, déterminé à vivre en honnête homme, je vins en demandant l'aumône jusqu'à ce lieu, qui est celui de ma naissance; j'entrai au service du maître de cette ferme, et ayant gagné les bonnes grâces de mon maître par ma fidélité et mon attachement, il me fit épouser sa fille, qui était unique. Dieu a béni les efforts que j'ai faits pour être homme de bien, j'ai amassé quelque chose; vous pouvez disposer de moi, et je mourrai content à présent que je vous ai vu, et que je puis vous prouver ma reconnaissance. »

Le religieux lui dit qu'il était trop payé du service qu'il lui avait rendu, puisqu'il faisait un si bon usage de la vie qu'il lui avait conservée; il ne voulut rien accepter de ce qu'on lui offrit, mais il ne put jamais refuser au paysan de rester quelques jours chez lui, où il fut traité comme un prince; ensuite ce bon homme le força de se servir au moins d'un de ses chevaux pour achever sa route, et ne voulut point le quitter qu'il ne fût sorti des chemins dangereux, qui sont en si grand nombre dans ces quartiers.

LE DÉSERT ET LA PESTE.

Pendant l'expédition d'Egypte (1798-1801), Desgenettes, médecin en chef de l'armée française, et Larrey, chirurgien en chef, s'illustrèrent par leur dévouement. Les soldats traversaient le désert, en allant d'Alexandrie à Damanhour : dans ces plaines arides, brûlées par un soleil ardent, un grand nombre succombait à la soif, irritée encore par le *mirage*, phénomène physique dû à la réflexion des rayons de lumière qui fait voir à l'horizon une inondation apparente. Larrey, épuisé lui-même de soif, et n'yant pour la satisfaire qu'un peu d'esprit de vin dans une petite outre de cuir, parcourait les rangs de ceux qui, plus affaiblis, avaient peine à suivre l'armée, et exprimait sur leurs lèvres quelques gouttes de la liqueur fortifiante.

Au siége de Sain-Jean-d'Acre, l'hôpital était encombré de malades de la peste ; pour ranimer leur courage en partageant volontairement leur danger, Desgenettes n'hésita pas à s'inoculer la terrible maladie. En présence de tous les pestiférés, il prit une lancette trempée dans le pus des pustules d'un malade qui

venait d'expirer, et se fit deux piqûres, l'une
dans l'aine, et l'autre au voisinage de l'aisselle,
sans prendre d'autres précautions que de se
laver avec de l'eau de savon qu'on lui présenta. Il eut le bonheur de n'être pas atteint,
et de n'avoir d'autre mal que deux petits points
d'inflammation, dans les endroits blessés.

Le quartier-maître de la soixante-quatorzième
demi-brigade, une heure avant sa mort, invita
Desgenettes à boire, dans le verre dont il se
servait, une partie de sa tisane. Bravant le péril de la contagion, et voulant le rassurer,
Desgenettes but aussitôt toute la tisane. Cette
action fit pâlir et frissonner de terreur un vieux
capitaine, nommé Durand, qui était présent.

Décimés par les maladies et les privations,
les soldats français supportaient tout avec con-
stance. Témoins de la résignation et de la va
leur de nos troupes, les habitants du Fayoun,
riche province d'Egypte, disaient un jour au
général Desaix, qu'ils nommaient en arabe
Sultan Kébir (le sultan juste) : « Sultan Kébir,
tu ne devrais pas donner du pain à tes soldats ; ils méritent d'être nourris avec du sucre. »

LE BROCANTEUR.

Pierre Bécard, domestique du marquis de Stinfort, avant la révolution, avait connu dans la maison de son maître la dame de Chavilhac, née en Belgique, épouse d'un chevalier de Saint-Louis. Cette dame étant devenue veuve en 1812, sollicita longtemps le paiement des sommes dues à son mari, mais en vain : elle se rendit à Paris dans l'espoir d'y poursuivre avec plus de succès ses réclamations; efforts inutiles. Privée de tout appui, entendant à peine la langue française, elle avait épuisé ses ressources lorsque Bécard la rencontra; et comme tous deux étaient à peu près du même pays, et qu'ils parlaient la même langue, la dame de Chavilhac lui fit confidence de ses malheurs; Bécard en fut touché; il lui rendit tous les services qui étaient alors en son pouvoir, en tirant un parti avantageux des effets qu'elle était obligée de vendre pour subsister. Bientôt dénuée de tout, elle passait les jours et les nuits dans les larmes, cachant son affliction et sa misère. Par surcroît de malheur, sa vue s'affaiblit à tel point qu'elle fut hors d'état de faire aucun travail.

Bécard, qui gagnait à peine de quoi subsister

lui-même, s'empressa de l'aider de ses faibles
moyens; et comme elle eût rougi de se faire
inscrire au bureau de charité, il s'y fit inscrire
pour elle. Il mangeait le pain bis qu'il recevait
et achetait du pain blanc pour la dame. Que ne
peut la pitié pour le malheur, quand elle est
bien profonde! Dans le dessein de se procurer
des secours plus abondants, Bécard, surmon-·
tant toutes ses répugnances, se soumit à demander l'aumône dans une place de Paris;
mais ne pouvant, malgré son zèle, soutenir
longtemps l'humiliation de la mendicité, il
essaya le métier de brocanteur ou marchand
d'habits.

Cependant, le 21 décembre 1822, la dame
Chavilhac tomba malade dans la petite chambre qu'elle occupait, rue Saint-Thomas-d'Enfer; Bécard lui proposa de la veiller pendant
les nuits; il les passait sur une chaise. Ce ne
fut qu'au bout de trois mois qu'il accepta un
matelas qu'une voisine lui offrit et qu'il avait
jusqu'alors refusé, dans la crainte de s'endor-
mir et de ne pas entendre la voix faible de la
malade.

Après avoir veillé la nuit auprès d'elle, il
partait tous les matins à sept heures pour vendre ses habits dans les rues, faire ses marchés
au Temple, et il priait une voisine de prendre
soin de la dame en son absence.

Quelquefois il rentrait dans le courant du

jour, soit pour avoir de ses nouvelles, soit pour apporter quelques secours. Bécard était asthmatique et affecté de plusieurs infirmités; n'importe, il se condamna aux plus dures privations et se réduisit à ne prendre soir et matin qu'une soupe faite avec du pain et du gruau.

Sa charité ne se ralentit point, bien que les soins devinssent chaque jour plus pénibles par le progrès de la maladie. Il ne parlait à la dame de Chavilhac qu'avec le respect d'un serviteur exécutant ses volontés sans murmurer, quoique les souffrances qu'elle éprouvait eussent aigri son caractère.

Un jour que cette infortunée lui faisait des reproches sur ce que le matin il partait trop tôt et le soir il rentrait trop tard, Bécard se contenta de lui répondre : *Si vous étiez riche et que vous n'eussiez pas besoin de moi, je pourrais bien ne pas revenir; mais vous êtes pauvre et malheureuse, et je reviendrai toujours.*

Dix jours avant la mort de la malade, Bécard, convaincu qu'elle ne pouvait rester seule, cessa son petit commerce et ne la quitta plus.

Elle mourut le 16 janvier 1825.

Il lui rendit les derniers devoirs, en accompagnant son convoi; et comme il restait 5 francs d'un secours que le curé de la paroisse Saint-Jacques avait envoyé, il les reporta et demanda les prières de l'Eglise pour le repos de l'âme de la défunte.

Fidèle au malheur jusqu'au-delà du trépas, Bécard fit ensuite de ses propres mains une croix de bois, au bas de laquelle il écrivit le nom de la dame de-Chavilhac, et qu'il plaça à l'endroit où elle avait été inhumée.

LA FEMME CHARITABLE.

Marguerite Fairet, veuve Meyer, née sans fortune et sans autre ressource que son ardent amour pour l'humanité, devint la providence des malheureux dans la ville de Béfort. Une épidémie infectait les hôpitaux, où affluaient un grand nombre de militaires malades et blessés, amenés d'Allemagne. La veuve Meyer se dévoue pour les secourir : tous les lits de douleur sont visités par elle, tous les secours leur sent prodigués; rien ne la rebute, ni le dégoût des plaies, ni le danger du séjour. Elle apparaît comme un ange à tous ces êtres souffrants, les console, les encouragè, les assiste, et contribue à les guérir. Elle ne borne pas là ses efforts secourables : pendant le siége que subit la ville de Béfort, elle suit courageusement les sorties de la garnison ; on la voit sur les champs de bataille, pourvùe de linge et de

charpie, de remèdes et de rafraîchissements;
elle accourt partout où des blessures réclament
sa présence. Elle ne distingue pas les amis
des ennemis; tout ce qui est homme, tout ce
qui souffre, a part à ses bienfaits. On la voit
sans cesse étancher le sang, panser les blessures, et s'empresser de transporter hors du péril
tous ceux que la mort peut atteindre. L'état le
plus désespéré ne rebute point son infatigable
pitié; et quand elle réussit, sa joie éclate au
milieu des bénédictions de toutes les victimes
qui sont sauvées par elle.

C'est peu des scènes de carnage pour éprou-
ver cette belle âme. La disette de 1816 et
de 1817 lui fournit une nouvelle occasion de
déployer sa bienfaisance. Voyant se multiplier
le nombre des pauvres qui affluent des campa-
gnes ruinées par la guerre, elle se multiplie
comme eux, elle visite les asiles de la misère,
frappe à toutes les portes, sollicite l'aisance,
et forme une assemblée de dames charitables
qui donne aux malheureux des secours perma-
nents. Elle voit tout, préside à tout, distribue
tout. Aucun indigent n'est oublié, tous sont
nourris et soulagés par elle.

Le fléau cesse, mais non l'activité de son
zèle, qui a besoin d'un éternel aliment. Béfort,
ville de garnison, regorge d'enfants nés dans
la misère, livrés à tous les vices, et n'ayant
d'autre profession que la mendicité. En vain

cette ville leur ouvre ses écoles, ils repoussent
toute instruction. Eh bien! c'est à les sauver
de l'indigence et du vice que l'ange de conso-
lation va consacrer tous ses soins! que de
moyens ne lui suggère pas son ardente charité!
elle les contraint par la force de ses bienfaits
à se rassembler autour d'elle, et prend elle-
même le soin d'écarter toutes les souillures de
la malpropreté qui les flétrit. Une vie nouvelle
commence pour eux, et ce n'est plus ce ramas
impur d'enfants abandonnés; c'est une jeunesse
décemment vêtue, à qui la bienfaisante Meyer
apprend la religion, la morale, la lecture, l'é-
criture. Elle-même leur enseigne les préceptes
de l'Evangile, elle-même les conduit à la sainte
table. Et qu'on ne pense pas qu'elle borne là
tous les secours dont elle est prodigue envers
eux : elle surveille au-dehors ses enfants adop-
tifs, leur fournit des aliments, des vêtements,
fait les frais de leur apprentissage, les place
chez les cultivateurs et leur procure du travail.
Un grand nombre d'entre eux deviennent tous
les jours des ouvriers utiles, des domestiques
fidèles et d'honnêtes gens. Suivons-la maintenant dans l'asile de l'indigence, sous ces toits
poudreux et ruinés où elle se plaît à secourir
le malheur. Là le besoin continuel qu'elle
éprouve de faire le bien ne connaît plus de
bornes : elle court implorer les âmes charitables, et sollicite leur bienveillance, qu'elle ob-

tient presque toujours. Et comment lui oppo-
ser un refus? A qui peut-on mieux confier les
soins que réclame l'infortune? Est-il un être
assez indifférent pour ne point vouloir partici-
per à ses bonnes œuvres?

LE BOULANGER BIENFAISANT.

Pierre Bachelard avait passé sa jeunesse au
service d'une maison recommandable, où il
s'était acquis une telle confiance que, à la
mort de son maître, il devint le dépositaire et
le régisseur de la fortune des enfants, sans
qu'on ait vu chanceler un moment son respect
et sa fidélité.

En quittant cet emploi, son premier soin
fut de s'associer une femme vertueuse, et ils
entreprirent d'élever une hôtellerie à Coligny,
département de l'Ain. Comme ils furent bientôt
connus pour d'honnêtes gens, leur maison fut
fréquentée par les voyageurs; elle était fermée
à l'ivrognerie et à la débauche. Les règlements
faits pour maintenir l'ordre y étaient observés,
et les droits d'octroi et les contributions ac-
quittés avec tant de probité, que notre hôtelier
a été honorablement cité, dans un mémoire
authentique, pour être le seul dans un grand
nombre qui n'eût jamais songé à pratiquer la
moindre fraude.

En 1815, les troupes des puissances alliées occupèrent le département de l'Ain; Bachelard et sa femme se virent dépouillés de leurs fourrages, de leurs provisions, et ne purent continuer leur état d'hôteliers.

Bachelard se mit alors à fabriquer du pain.

Lorsqu'on fit un rôle de répartition de secours en faveur de ceux qui avaient souffert de l'invasion étrangère, Bachelard fut le premier à renoncer, *en faveur des indigents*, aux avantages de ce rôle.

Dans la disette de 1816 et 1817, ce brave homme fut chargé de la fabrication du pain qui était distribué chaque jour par l'autorité locale, et il ne voulut pour ce travail entendre parler d'aucune rétribution; il le faisait volontiers, disait-il, *pour contribuer au soulagement des pauvres.* L'excès de la fatigue et de la chaleur qu'il eut à supporter, lui fit perdre la vue en 1819 : il continua, tout aveugle qu'il était, son état de boulanger, et sa femme et lui s'entendaient pour faire tout le bien qui était en leur pouvoir.

En 1828, où le pain éprouva une grande augmentation, les époux Bachelard le donnaient aux ouvriers de leur commune à 6 et 10 centimes au-dessous du prix qu'on le vendait ailleurs.

Une personne charitable les avait chargés de livrer chaque semaine une certaine quantité de pain à une femme pauvre, âgée et infirme. Après un certain temps, des circonstances particulières empêchèrent la bienfaitrice de pouvoir continuer son aumône; elle en prévint Bachelard et sa femme, qui, sans rien dire, ne cessèrent point de fournir la même quantité de pain à cette pauvre infirme, et ils lui ont toujours laissé ignorer l'obligation qu'elle leur avait.

La veuve, presque centenaire, d'un militaire sans fortune, sans parents, dénuée de tout, a reçu pendant trois ans les soins les plus assidus de la femme Bachelard, qui pourvoyait à sa nourriture, à son chauffage, la veillait, et lui a rendu les services du genre le plus pénible et le plus rebutant jusqu'au jour de sa mort.

Enfin la vie des époux Bachelard fut constamment remplie par des actes de charité et de dévouement pour toutes les infortunes.

LE VIEUX SERVITEUR.

Extrait du discours prononcé par M. Laya, à la séance publique de l'Académie française, du 24 août 1820, sur les
actions qui ont mérité le prix de vertu.

« M. Antoine Magi, négociant à Marseille,
et dont les ancêtres ont fait de tout temps le
commerce avec honneur et distinction, éprouva
des pertes à l'époque de nos premiers troubles
révolutionnaires. Plein de confiance dans les
opérations du gouvernement, il risqua, après
le traité de paix d'Amiens, ce qui lui restait
encore de sa fortune (environ 130,000 francs
en marchandises) sur divers bâtiments. Tout
fut pris par les croisières anglaises. Ruiné par
ce nouveau désastre, il vint à Paris avec ses
deux anciens domestiques (Guenisset et sa
femme) pour solliciter auprès du gouvernement des indemnités. Ses sollicitations furent
sans effet...

» Depuis cette époque, il n'a existé que par
les sacrifices de ses fidèles serviteurs. Emus
par ses infortunes, ils se sont attachés plus que
jamais à son sort, dans l'espérance sinon de le
changer, du moins d'en adoucir l'amertume.
Le mari se plaça sacristain chez les dames Car-

mélites, rue d'Enfer, où, chaque mois, il touchait *quinze francs* qu'il mettait dans la maison. L'épouse se procura des ouvrages de couture; et, d'accord l'un et l'autre, ils consacraient les fruits de leurs travaux à soutenir les jours languissants de leur bon maître. L'épouse, Messieurs, étant morte il y a deux ans, l'honnête Guenisset a gardé pour lui seul la charge touchante qu'il partageait auparavant; et dans les moments libres que lui laissaient les soins de la sacristie, il faisait des commissions. Une maladie grave que cet estimable indigent vient d'essuyer lui a fait perdre sa place; il n'a plus pour son maître et lui d'autre ressource que ses commissions. Le maire du douzième arrondissement a voulu le placer dans un hospice, en se proposant de suppléer aux soins que Guenisset rendait à M. Magi; ce modèle des bons serviteurs a mieux aimé partager la misère de son maître, et a sacrifié les avantages de cette offre. Dans son langage naïf et ingénu, il a dit :

« Ce n'est pas à quatre-vingt-dix ans, qu'a atteints mon bon maître, qu'on se fait à de nouveaux visages, à de nouvelles manières; il est fait aux miennes... Il ne peut vivre heureux qu'auprès de moi; je ne puis l'être qu'auprès de lui. »

» Prévoyant, en 1817, que son âge déjà avancé ferait baisser chaque jour les produits déjà si faibles de son état de commissionnaire.

il se fit inscrire au bureau de charité; et par un sentiment de respect et de pudeur que vous apprécierez, il refusa de faire porter sur ce même rôle d'indigence le nom respecté de son maître; mais c'est à ce maître toujours qu'il a consacré les *trois francs* qu'il reçoit par mois comme secours, ainsi que tout ce qu'il peut recevoir encore au même titre. »

LES SALLES D'ASILE.

Dans la partie la plus âpre de la chaîne des Vosges, un vallon presque séparé du monde nourrissait chétivement une population restée à demi sauvage; quatre-vingts familles, réparties dans cinq villages, en composaient la totalité; leur misère et leur ignorance étaient également profondes; elles n'entendaient ni l'allemand ni le français, un patois inintelligible pour tout autre qu'elles faisait leur seul langage; et, ce que l'on n'aura pas de peine à croire, ni leur pauvreté ni leur ignorance n'avaient adouci leurs mœurs; ces paysans se gouvernaient par le droit du plus fort, presque comme des seigneurs du moyen-âge; des haines héréditaires divisaient les familles, et plus d'une fois il en était né des violences coupables.

Un vieux pasteur, Jean-Frédéric Oberlin,
devenu depuis si célèbre, entreprit de les civi-
liser, et pour cet effet, en habile connaisseur
des hommes, il s'attaqua d'abord à leur misère;
de ses propres mains il leur donna l'exemple
de tous les travaux utiles; armé lui-même d'une
pioche, il les guida dans la construction d'une
route; bêchant, labourant avec eux, il leur en
seigna la culture de la pomme de terre; il leur
fit connaître les bons légumes, les beaux fruits;
il leur montra à greffer; il leur donna de bonnes races de bestiaux et de volailles. Leur agri-
culture une fois perfectionnée, il introduisit
différentes industries pour occuper les bras
superflus; il leur créa une caisse d'épargne,
et les mit en rapport avec des maisons de commerce des villes voisines. Leur confiance crois-
sant avec leur bien-être, des leçons d'un ordre
plus élevé se mêlèrent par degrés à celles-là.
Dès l'origine il s'était fait maître d'école, en
attendant qu'il en eût formé d'autres pour lese-
conder; une fois qu'ils aimèrent à lire, tout devint facile; des ouvrages choisis venant à l'appui des discours et des exemples du pasteur,
les sentiments religieux, et avec eux la bienveillance mutuelle, s'insinuèrent dans les
cœurs; les querelles, les délits, les procès même disparurent, ou, s'il naissait quelque con-
testation, d'un commun accord on venait prier
Oberlin d'y mettre un terme: en un mot, lors-

3.

qu'il fut près de sa fin, cet homme vénérable
put se dire que, dans ce canton autrefois pauvre et dépeuplé, il laissait trois cents familles
réglées dans leurs mœurs, pieuses et éclairées
dans leurs sentiments, jouissant d'une aisance
remarquable, et pourvues de tous les moyens
de la perpétuer.

Une jeune paysanne de l'un de ces villages,
Louise Scheppler, à peine âgée de quinze ans,
fut si vivement frappée des vertus de cet homme
de Dieu, que, bien qu'elle jouît d'un petit patrimoine, elle lui demanda d'entrer à son service et de prendre part aux œuvres de sa charité. Dès lors, sans jamais accepter de salaire,
elle ne le quitta plus. Devenue son aide, son
messager, l'ange de toutes ces cabanes, elle y
porta sans cesse tous les genres de consola-
tion.

Dans aucune circonstance on n'a mieux vu
à quel point le sentiment peut exalter l'intel-
ligence. Cette simple villageoise avait compris
son maître et tout ce que ses pensées avaient
de plus élevé ; souvent même elle l'étonnait
par des idées heureuses auxquelles il n'avait
point songé, et qu'il s'empressait de faire entrer dans l'ensemble de ses opérations. C'est
ainsi que, remarquant la difficulté que ces cultivateurs éprouvaient à se livrer à la fois à
leurs travaux champêtres et au soin de veiller
sur leurs petits enfants. elle imagina de ras-

sembler ces enfants, dès le bas âge, dans des
salles spacieuses où, pendant que les parents
vaquaient à leur ouvrage, des conductrices
intelligentes les gardaient, les amusaient, et
commençaient à leur montrer les lettres et à
les exercer à de petits travaux. C'est de là
qu'est venue en Angleterre et en France l'insti-
tution de ces salles d'asile où l'on reçoit et où
l'on garde les enfants des ouvriers, si souvent
abandonnés dans les villes aux vices et aux
accidents.

L'honneur d'une idée qui a déjà tant fruc-
tifié, et qui bientôt sera adoptée partout, est
entièrement dû à Louise Scheppler, à cette
pauvre paysanne du Ban de la Roche. Elle y a
consacré le peu qu'elle possédait, et de plus
sa jeunesse et sa santé. Encore aujourd'hui,
quoique avancée en âge, elle réunit autour
d'elle, sans rétribution, une centaine d'enfants de trois à sept ans, et leur donne une
instruction appropriée à leur âge. Les adultes,
grâce à M. Oberlin, n'ont plus de besoins mo-
raux; mais quelques-uns encore, dans la vieil-
lesse et la maladie, éprouvent des besoins phy-
siques. Louise Scheppler y pourvoit; des bouil-
lons, des remèdes, elle trouve moyen de tout
distribuer. Leurs besoins pécuniaires même
ne sont pas oubliés; elle a fondé un mont de
piété d'une espèce toute particulière, et qui
serait bien aussi une invention admirable s'il

était possible de le multiplier comme les salles d'asile ; car il est du très petit nombre de ceux qui n'usurpent par leur nom : on y prête sans intérêts et sans gages. Lorsque M. Oberlin mourut, par un testament, revers de celui d'Eudamidas, il légua Louise Scheppler à ses enfants.

Voici quelques lignes de cet acte de dernière volonté du bon pasteur : « Mes chers enfants, dit-il, je vous lègue ma fidèle garde, celle qui vous a élevés, l'infatigable Louise ; elle a été pour vous garde soigneuse, mère fidèle, institutrice, tout absolument ; son zèle s'est étendu plus loin : véritable apôtre du Seigneur, elle est allée dans tous les villages où je l'envoyais, assembler les enfants autour d'elle, les instruire de la volonté de Dieu, leur apprendre à chanter de beaux cantiques, leur montrer les œuvres de ce Dieu paternel et tout-puissant dans la nature, prier pour eux, et leur communiquer toutes les instructions qu'elle avait reçues de moi et de votre excellente mère. Les difficultés innombrables qu'elle rencontrait dans ces saintes occupations en auraient découragé mille autres ; le caractère revêche des enfants, leur langage patois, les mauvais chemins, les rudes saisons, pierres, eaux, pluies abondantes, vents, glaces, grêles, neiges profondes, rien ne la retenait ; elle a sacrifié son temps et sa personne au service de Dieu. Jugez, mes chers enfants, de la dette que vous avez contractée envers elle en moi ! Encore une fois, je vous la lègue ; vous ferez voir par les soins que vous prendrez pour elle si vous avez du respect pour la dernière volonté d'un père. Mais oui, vous remplirez mes vœux ; vous serez pour elle à votre tour, tous ensemble, et chacun de vous en particulier, ce qu'elle fut pour vous. »

MM. et mesdemoiselles Oberlin, fidèles au vœu de leur père, voulurent donner à Louise Scheppler une part d'enfant ; mais rien ne put déterminer cette fille généreuse à réduire le patrimoine déjà si modique laissé par son maître ; elle demanda seulement la permission d'ajouter le nom d'*Oberlin* au sien, et ceux à qui appartient le droit de porter ce nom vénérable ont cru l'honorer encore en le partageant ainsi.

LA PATRONNE DE PARIS.

En visitant l'église de Saint-Etienne-du-Mont, à Paris, vous trouvez dans une chapelle, à gauche du chœur, un vieux tombeau autour duquel la piété des fidèles entretient un grand nombre de cierges. C'est celui de sainte Geneviève, née à Nanterre en 422, au temps du roi Clodion. Ses cendres sont renfermées dans une châsse ayant forme d'église gothique, soutenue par quatre colonnes d'ordre toscan, et placée derrière le maître-autel en marbre.

Sainte Geneviève est la patronne de Paris, et ses titres à la vénération de ses concitoyens se résument dans ces mots inscrits sur son ancien cénotaphe : « Elle a sauvé deux fois Paris. »

La première fois, en 750, elle arrêta les Parisiens prêts à fuir devant Attila, roi des Huns. Après avoir ravagé plusieurs provinces de l'empire romain, ce prince, qui s'appelait lui-même le fléau de Dieu, entra dans la Gaule avec une armée de 500,000 combattants. La nouvelle de son approche répandit l'effroi dans Paris. Cette ville, qui portait alors le nom de *Lutetia Parisiorum,* était loin d'être ce qu'elle est aujourd'hui. Ses habitants étaient un des soixante-quatre petits peuples qui composaient la *Bagaudie* ou confédération gauloise. La ville occupait une petite île dans la Seine (aujourd'hui la Cité) : on y entrait par deux ponts défendus chacun par une forteresse. Des bois, des marais, des champs cultivés, des vignes et quelques bourgades éparses composaient tous ses environs. Les eaux de la rivière de Bièvre formaient un vaste marécage. Il y avait sur l'emplacement où est maintenant bâti le Louvre une grande forêt qui subsistait encore du temps de saint Louis. La colline qu'on appelle aujourd'hui Montagne Sainte-Geneviève se nommait le mont Leucotitius, il avait un temple d'Isis où est maintenant Saint-Germain-des-Prés.

Les Parisiens ne se crurent pas en sûreté dans leur île. Ils assemblèrent leurs barques et se préparèrent à se retirer dans des places plus fortes. La consternation était générale; chacun réunissait en hâte ses meubles et ses trésors pour les soustraire au pillage qu'on croyait imminent. La Seine était couverte de bateaux chargés de familles entières qui fuyaient. Geneviève assembla les femmes et les exhorta à employer toute leur influence pour empêcher l'abandon de la cité pure et sans tache, où jamais ennemi du Christ n'avait pénétré. Elle les persuada aisément, et elles prièrent Dieu avec elle, afin qu'il réveillât la foi et le patriotisme éteints dans le cœur de leurs pères, de leurs frères ou de leurs époux. Dans l'intérieur de leurs demeures, elles reprochaient aux hommes leur pusillanimité et leur faiblesse.

Leurs efforts furent vains, et ne firent qu'irriter les Parisiens contre sainte Geneviève. Elle essaya inutilement de les arrêter. « Pourquoi fuyez-vous? leur disait-elle. Celui qui dit à la mer : *Sépare tes flots*, et au Jourdain : *Remonte vers ta source*, ne saura-t-il pas élever une digue entre vous et le torrent? Votre ville sera conservée, et celle où vous voulez vous retirer sera pillée et saccagée par les barbares.

Ayez confiance en Dieu, implorez son secours, et ne trahissez pas par votre fuite la cause du ciel et de la patrie. »

Quelques-uns se laissèrent entraîner par ces paroles. Mais la multitude l'accabla d'outrages, l'appelant fausse prophétesse et sorcière. « Elle veut notre ruine, » disait l'un, « elle endort par ses maléfices les meilleurs citoyens, » disait l'autre. Aux murmures succédèrent les vociférations. « A la Seine ! » criait-on ; « A la Seine, l'hypocrite ! qu'elle soit punie de ses mensonges ! »

Au moment où Geneviève semblait avoir tout à craindre, elle fut sauvée par l'arrivée de l'archidiacre d'Auxerre, dont l'évêque, saint Germain, venait de mourir. Ce saint homme avait toujours eu pour les vertus de Geneviève une vénération profonde. Il lui avait légué par testament des eulogies, présents de choses bénites, en signe d'union et d'amitié, que l archidiacre était chargé de lui remettre. Cette circonstance changea le cœur des Parisiens ; ils renoncèrent à leurs mauvais desseins, et résolurent d'écouter les conseils de Geneviève et ceux de l'archidiacre. Les voyant disposés à une vigoureuse résistance, les Huns décampèrent en une seule nuit, et se jetèrent sur d'autres parties de la Gaule. Quand on vit l'événement confirmer la prédiction de Geneviève, le mépris qu'on avait pour elle fit place à une

si grande estime qu'on ne voulait plus rien en-
treprendre sans son avis.

Quelque temps après, il y eut une famine
telle que les pauvres mouraient de faim dans
les rues. Geneviève, émue de compassion, s'em-
barqua sur la Seine et alla de ville en ville, demandant des secours. Son éloquence persua-
sive eut d'heureux résultats. Elle revint avec
onze bateaux chargés de blé. De retour, elle se
mit à secourir les pauvres, leur préparant et
distribuant elle-même du pain.

Une tradition populaire fait de Geneviève
une bergère, et on l'a représentée assez souvent gardant les moutons, une quenouille à la
main. La chronique dont nous tirons ces faits,
et qui fut écrite vers l'an 558, dix-huit ans
après sa mort, ne fait aucune mention de son
état; elle dit que son père s'appelait Severus et
sa mère Gerontia. Dans un voyage qu'il fit à
Paris, saint Germain la distingua dans la foule,
et en lui remettant une médaille de cuivre où
la croix était empreinte : « Ne souffrez pas, dit-
il, que votre cou ou vos doigts soient chargés
d'or, d'argent ou de pierreries, car si vous ai-
mez la moindre parure du siècle, vous serez
privée des ornements éternels. »

On croit que Geneviève contribua beaucoup
à la conversion du roi Clovis, en 496. Clovis
avait pour elle beaucoup de respect. Il lui fit
don de deux grandes fermes, qu'elle donna à

l'église de Reims, où il avait reçu le baptême. A sa prière, il relâchait des prisonniers, faisait des aumônes et bâtissait des églises, entre autres celle de Saint-Pierre et Saint-Paul, dont il reste encore une tour, connue sous le nom de Tour de Clovis, et enclavée dans les bâtiments du collége Henri IV.

Sainte Geneviève mourut le 3 janvier 512, à l'âge de 86 ans. Elle fut enterrée dans l'église Saint-Pierre et Saint-Paul, qui prit son nom. Il est à remarquer qu'à deux époques différentes, quand le peuple semblait frappé de terreur panique, quand tous allaient se soumettre à l'étranger, deux femmes, plus courageuses que les hommes de leur temps, sauvèrent leur pays : sainte Geneviève et Jeanne d'Arc.

LE CHATEAU INCENDIÉ.

Lorsque Duguesclin entra en Guyenne, ayant sous ses ordres les ducs de Berri et de Bourbon, les comtes d'Alençon et du Perche, princes du sang, le dauphin d'Auvergne, les comtes de Saint-Pol, de Vendôme, et la plus haute noblesse du royaume, les Anglais tremblèrent dans leurs possessions, où ils se croyaient si bien affermis.

En peu de temps, un grand nombre de villes furent prises par le connétable : Limoges, Saint-Sever, Poitiers, Châtellerault, La Rochelle, Fontenay-le-Comte, Thouars et Niort. Il battit les ennemis en plusieurs batailles rangées, gagna un grand nombre de combats, et força le comte Jean V de Montfort, leur allié, à fuir avec eux.

Il les poursuivit jusqu'à Bordeaux; leur armée, d'abord forte de soixante mille hommes, se trouva réduite à six mille, par la faim, la misère, les combats livrés en traversant le Forez, l'Auvergne et le Limousin.

Comme il venait d'entrer dans le comté de Foix, et que son armée était campée devant la ville de Lourdes, il vit tout d'un coup un nuage de poussière s'élever sur une route qui venait des montagnes, et une vingtaine de cavaliers s'arrêtèrent devant les avant-postes français.

Ils étaient armés de toutes pièces, et le désordre de leurs harnais témoignait qu'ils avaient fait une longue route, ou que depuis longtemps ils n'avaient point pris de repos. Le chef descendit de son cheval, s'approcha de Duguesclin, après avoir ôté son casque, et mettant un genou en terre : « Sire connétable, lui dit-il, je me nomme Jean, comte de Lorget; il y a six mois, j'étais riche et puissant, j'avais de nombreux vassaux, un château-fort et des villages. Aujourd'hui il ne me reste que les vingt hommes d'armes que vous voyez avec moi, et pour toute fortune que mon cheval et mon armure; pour toute espérance que mon épée, ma conscience et la crainte de Dieu.

» Lorsque les Anglais ont voulu s'avancer jusque dans le cœur de la France, j'ai tenu ferme dans mon château, et je n'ai cédé qu'après avoir vu tuer autour de moi mes trois frères et la plupart de mes braves compagnons. Lorsqu'il n'y a plus eu d'espoir de salut et de moyen de résistance, j'ai mis moi-même le feu au château de mes pères, aimant mieux le voir réduit en cendres qu'au pouvoir des ennemis de ma patrie. Je me suis fait jour au milieu d'eux avec mes braves compagnons, et depuis quelques mois nous vivons dans les montagnes, les harcelant sans cesse et les forçant à se tenir toujours sur leurs gardes. Sire connétable, vous me représentez ici ma patrie; je ne me lèverai de vos genoux, où je suis prosterné à cette heure, que lorsque vous m'aurez accordé la grâce de combattre pour elle dans les rangs de votre armée. »

« Or çà, sire de Lorget, levez-vous, répondit le connétable, vous êtes un brave homme d'armes, le bruit de votre valeur est parvenu jusqu'à mes oreilles, je suis aise de vous compter au nombre de mes capitaines. Vous trouvez que ce n'est pas assez d'avoir sacrifié vos domaines à votre patrie, vous voulez encore faire

le sacrifice de votre vie. Soit fait comme il vous
plaira ; demain nous engageons l'assaut de la
ville de Lourdes, vous monterez à la brèche à
mon côté. »

Le lendemain l'assaut fut livré, la ville fut
emportée, et le sire de Lorget, qui avait mis le
premier le pied sur les remparts, fut trouvé le
soir sans mouvement, étendu sur un monceau
de morts. Duguesclin le fit enterrer pompeuse-
ment et fit demander les vingt braves qui l'accompagnaient pour leur donner du comman-
dement; on n'en trouva que cinq blessés griè-
vement; les quinze autres avaient trouvé la
mort aux côtés de leur seigneur.

LES JEUX DU CIRQUE.

Sous le règne de Constantin Ier, nommé César
et associé à l'empire par Maximien, le 8 juillet
306, un moine d'Orient, nommé Télémaque,
apprenant que les combats du cirque étaient
encore le spectacle favori des Romains, conçut
le projet d'en obtenir l'abolition. Il partit à
pied pour Rome, où il arriva un jour de grande
fête publique. Le peuple était en foule au Colisée : tous les gradins de l'amphithéâtre
étaient garnis, les gladiateurs se tenaient dans

l'arène, prêts à combattre les lions et les léo-
pards qui rugissaient dans leurs cages de fer et
se précipitaient avec force contre les barreaux,
Télémaque s'élança au milieu de l'arène, et
dans un discours que malheureusement les
historiens ne nous ont pas conservé, il s'éleva
avec force contre ces jeux barbares, où pour
le plaisir des Romains on prodiguait le sang
des hommes et des animaux. On ne lui répondit
que par des cris de : « Aux lions le chrétien !
aux lions ! » Télémaque vit le danger sans pâlir, et pensant que le sacrifice de sa vie témoi-
gnerait de la force du sentiment qui l'animait,
il se prépara à mourir. On leva la grille des cages des lions ; mais à l'aspect de ce vieillard à
genoux qui se présentait sans crainte à un supplice aussi cruel, les murmures cessèrent, et
plus d'un spectateur détourna la tête et sortit du
Colisée pensif et à demi converti. Les lions
eurent bientôt dévoré le martyr. Peu de temps
après, Constantin, converti au christianisme,
abolit les jeux du cirque.

FIN.

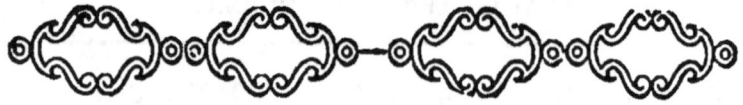

TABLE.

FIN DE LA TABLE.

Limoges. — Imp. Eugène ARDANT et Cⁱᵉ.

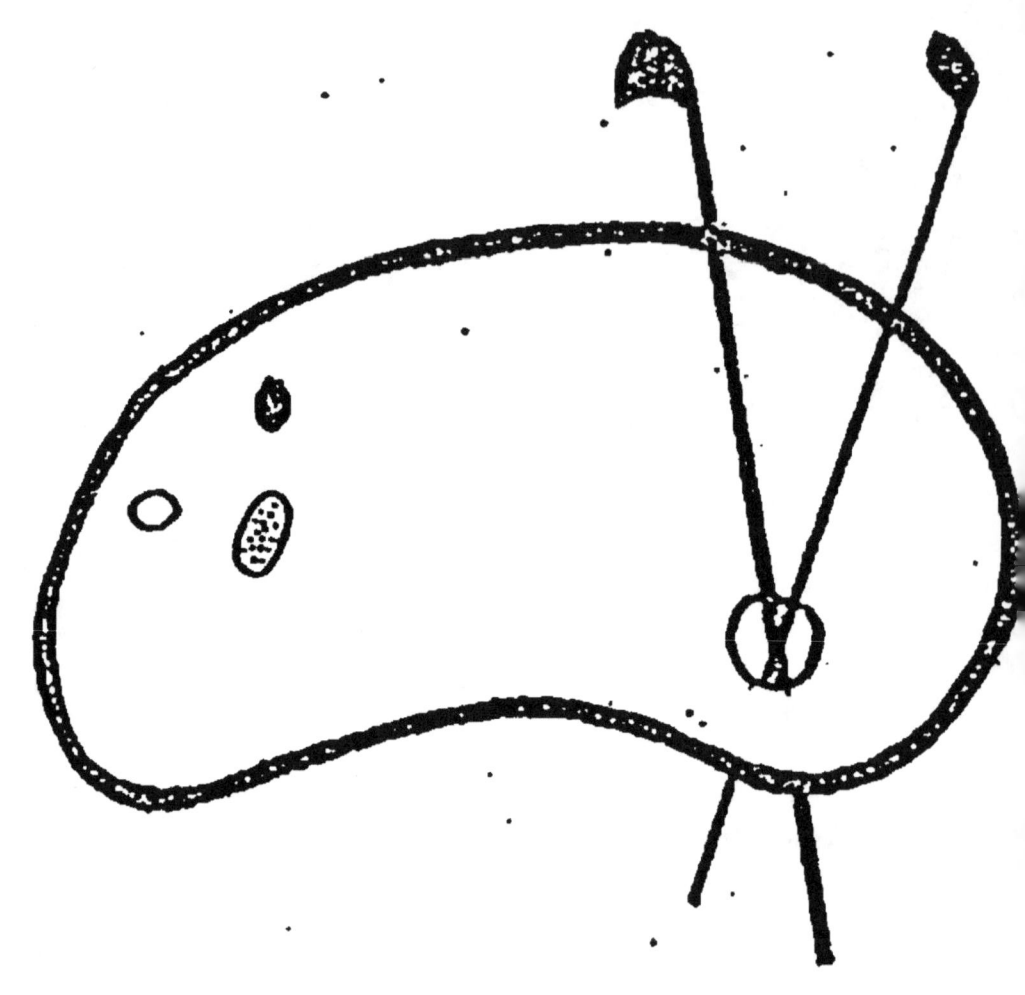

ORIGINAL EN COULEUR
NF Z 43-120-8

www.ingramcontent.com/pod-product-compliance
Lightning Source LLC
Chambersburg PA
CBHW070810260626
47161CB00006B/2232